Steffi Kammermeier

Von Abrahams Wurschtkessel bis zum Boandlkramer

Steffi Kammermeier

Von Abrahams Wurschtkessel bis zum Boandlkramer

Lauter bairische Lieblingswörter

SOCIETÄTS
VERLAG

Umschlaggestaltung: Nicole Proba, Societäts-Verlag
Satz: Nicole Proba, Societäts-Verlag
Druck- und Verarbeitung: freiburger graphische betriebe
Printed in Germany 2011

ISBN 978-3-7973-1263-1

Vorwort:

„Griaseichleidl, scheedasdoseids!" – Schön, dass Sie da sind!

Wundern Sie sich nicht über den Buchstabensalat vor Ihnen – Bairisch ist keine Sprache, die sich so mir nichts schreiben ließe! Dazu ist unser Dialekt zu eigensinnig, und seine Klänge so speziell, dass man die Buchstaben dafür eigentlich erst erfinden müsste.

Bairisch lebt durchs Sprechen – „Redn", sagt der Bayer – und so manche geschriebene „Wort-Sphinx" zeigt ihr Geheimnis erst, wenn man sie laut ausspricht. Also, machen Sie sich und anderen „die höchste Freid" und machen S' „as Maul auf".

Nicht zu weit, dass Gaumen und Kiefer nicht verkrampfen, aber kauen, rollen und malmen Sie ruhig, lassen Sie Selbstlaute fallen wie ein Taschentuch, und geben Sie den Konsonanten bloß nicht zu viel Druck. Der Bayer ist nämlich mundfaul und mag alles, nur kein „Gschiiß". Dazu ist er viel zu ökonomisch in allem, was er tut.

Das sehen Sie schon an dem Wort „mei"!

Ein Wörterl für alle Lebenslagen. Welten liegen darin, ach was, ganze Romane!

Vorwort

Sie: „Magst du mi?" Er: „Mei…" Sie: „Mehr ja mei, oder mehr naa mei? Er: „Mehr oh mei."

Ein wahrer Sprach-Schatz ist das Bairische, nicht nur wegen seiner Bildhaftigkeit, sondern auch wegen dem Mords-Spaß, den der Bayer daran hat, in sinnlich-derber Wortlust Vergleiche, Absurditäten oder gar ganze Weltbilder einzuflechten. Da bedarf es einer gehörigen Portion Witz, Schlagfertigkeit und – ja! – Intelligenz, zielsicher und doppelbödig zugleich ins Schwarze zu treffen.

Allen Aussprache- und Wortkunde-Hardlinern zum Trotz habe ich Ihnen meine ganz persönliche, politisch völlig unkorrekte, unvollständige und absolut subjektive „Best-of-"Liste von Ausdrücken, Wörtern, Witzen und anderen Fundstücken aus und ums bayerische Leben zusammengestellt.

Besonderen Dank schulde ich meinen Freunden und Verwandten, die mir Etliches beigesteuert haben. Wie ich hatten auch sie einen Mordsspaß an „**Von Abrahams Wurschtkessel bis zum Boandlkramer**" – ja, und hoffentlich nun auch Sie!

„Hawedeehre",
Ihre Steffi Kammermeier

Abrahams Wurschtkessel

Damit fängt alles an: Mit der Ursuppe, in der wir schwimmen. In diesem Falle eine sehr bayerische – und bildhafte: Als Weißwurst schwimmt man also vergnügt in einem riesigen, dampfenden Wasserkessel herum, bis man herausgeholt, also geboren wird.

„Da bist du no in Abrahams Wurschtkessel umanander gschwomma, da war is scho..., da hab i scho..."

Hier geht es aber gar nicht um bayerische Brotzeitkultur. Vielmehr gibt man seinem Gegenüber damit zu verstehen, dass er ein Greenhorn, ein Grünschnabel sei – und dem zufolge „**sei Mai**" (seinen Mund) zu halten habe.

„Jetz fang ned scho wieder bei Adam und Eva o!"

Es ist alles längst geklärt! Genervter Seufzer für anstrengende Zeitgenossen, die immer wieder alles von vorn aufrollen.

Der Bratn im Rohr

Storch, Storch, Steiner - mit die langa Beiner,
Storch, Storch guada - bring ma hoid an Bruada,
Storch Storch, bester - liaba doch a Schwester.

„D'Nachbarn ham wieda obaut."

Die Nachbarin ist wieder schwanger.

„Bei der Haslingerin is der Ofa zamgfoin."

Die Dame hat entbunden.

„Die ham aa nur a Büxnmacherei."

Und schon wieder ist es nur ein Mädchen …

Annamirl Zuckerschnürl

„I hab vier Schwestern, die gengan alle mit S o.", sagt der Bua zu seiner Lehrerin. „S'Annerl, s'Nannerl, s'Reserl. Nur d'Susi, die fangt mit Z o."

Alisi (Alois), Bertl (Albert), Cilly (Cäcilie), Damerl (Thomas), Edi (Eduard) , Fonse (Alfons), Girgl (Georg), Hias (Matthias), Jackl (Jakob), Kare (Karl) , Luggi (Lukas) , Martl (Martin), Nannerl (Johanna), Ossi (Oskar), Paule (Paul), Quirin (Quirin), Rosi (Rosemarie), Stasi (Anastasia), Toni (Anton), Urschl (Ursula), Vroni (Veronika), Wiggerl (Ludwig) , Xare (Xaver), und die Zenzi (Kreszenz).

Wuzerl

Schiebt ein Vater seinen brüllenden Spross durch den Park. „Reg di ned auf, Xaver!", sagt er beschwörend, „reg di ned auf, Xaver!" Eine alte Dame lobt ihn: „Sie sind aber nett mit Ihrem Xaver!". „Nanaa! Des is der Lukas! Der Xaver, des bin i!"

„Buzerl" – kleines Kind.

„Diezi" – Schnuller.

Der **„Diezl" „Duzl"** oder **„Ditti"** war ein kugeliges Stofffetzerl, das in Zuckerwasser oder Bier getaucht wurde, damit das **„Wuzerl"**, das Kind still war. Gelegentlich war der Schnuller auch mit (Schlaf-)Mohn gefüllt!

„Hosnträträ" – Hosenscheißer.

„Hosnbiesler" – Hosenpisser.

„Bambs/Bams"

Liebevoll für ein anstrengendes Kind.

„Schraazn"

Etwas weniger liebevoll für die Bambsn.

„Fratz"

Schraaz, ungezogen und frech obendrein.

„Hundskrippe"

(Hundskrüppel) – Fratz mit Sargnagelqualität.

„Rotzleffe"

(Rotzlöffel) – Milder für ungezogene Hundskrippe.

„Springginggerl"

(Springinsfeld) – Urform des ADHS-Kinds.

Alles in allem:

„Saufratzn, die Bagage!
Zum derschmeißn!" (erschlagen)

„Der Xaverl is a rechter Bazi"

Der Xaverl ist ein richtiger Schlingel, sagt man augenzwinkernd – und beinahe klingt es anerkennend. Ein erwachsener „Bazi" hat indes richtige Gaunerqualitäten.

„Der Babba hat gestern an Schlaganfoi (Schlaganfall) ghabt!", sagt der Maxe zu seinem Spezl. „Mei Hintern is blau wia a Griacherl"

Mein Gesäß ist violett gefärbt wie eine „griechische" Pflaume.

Einer guten Pointe zuliebe schreckt der Bayer auch nicht vor drastischen Wendungen zurück. Da steht er in punkto „Schwarzer Humor" dem Engländer in Nichts nach. Witze bringt man dabei mit möglichst ungerührter und beiläufiger Miene vor. Je „trockener", desto schöner die Wirkung.

„Fangamandl/Fangsterl“ – Fangen spielen.

„Bärntreibn“ – Kreiselspiel.

„Häuslhupfa“ – Himmel und Hölle.

„Schussern“ – Murmelspiel.

„Schneider leih ma dei Schaar“
Bäumchen wechsle dich.

„Sagghupfa“ – Sackhüpfen.

„Bucklkraxn“ – Huckepack.

„Raiwa und Schandi“ – Räuber und Gendarm.

„Hutschpferdl“ – Schaukelpferd.

„Aus der Bo, aus der Bo, hintn hängt der Deife dro!"

Aus der Bahn, aus der Bahn, hinten hängt der Teufel dran! Noch eindrucksvoller ist die Variante: „Aus der Bo, aus der Bo, wer ned doppelt scheißn ko" – Erfolg garantiert, denn wer kann sowas schon?

„Moanst, du ko'st mit mir Schliinfahrn?"

Glaubst du, du kannst mit mir machen, was du willst?

Rodeln, das hat Dialektspezialist Gerald Huber herausgefunden, kommt vom Lateinischen „rotulare" und ist eines jener Wörter, die noch aus römischen Besetzungszeiten stammen: **„Semmel"** (Brötchen), **„Gspusi"** (Geliebte), **„Ranner"** (Rote Bete) und **„Radi"** (Rettich) sind solche Beispiele.

„Da gibts koan Radi ned!"

Da gibt es keinen Zweifel!

Ein Korken wird rußig gemacht, für die **„Dippis"**. Jeder hat eine Nummer. Der Erste: **„I bin der Oanser-Rippi mit koam Dippi, Fünfer-Rippi, wiavui Dippi hast du?"** Der muss nun ebenso antworten und den nächsten fragen. Wehe, er verwechselt seine Nummer oder hat vergessen, wie viele Dippis er schon hat! Die gibt's nämlich zur Strafe ins Gesicht, wenn man sich verhaspelt. Schnell und ausgelassen zu spielen.

Schbuizeigl (Spielsachen, Spielzeug)

„Boi" (Ball), **„Feierwehrauto"** (Feuerwehrwagen), **„Hupfseil"** (Springseil), **„Wirfischbui"** (Würfelspiel), **„Baukletzal"** (Bauklötzchen), **„Schachderldeife"** (Schachtelteufel), **„Kaschberldeada"** (Kasperletheater), **„Bubberl"** (Püppchen), **„Kauflodn"** (Kaufladen), **„Schdoaschleida"** (Zwille).

D'Schui

Erster Schultag. Der Freisinger Alisi kommt stolz nach Hause. „Heit hamma scho unsern erstn Ausflug gmacht!" „Ja wohi denn?", will die Mama wissen: „Auf an Abort!", strahlt der Alisi.

D'Schui – Die Schule

Erstklassler – ABC-Schütze
Schuiranzn – Schultasche
Federmapperl – Federmäppchen
Dafe – Tafel (Dafe spricht man hier beinahe wie ein „o")
Dafelappn – Tafellappen
Schuibuach – Schulbuch
Steißtrommler – Lehrer
Bedei – Pedell, Hausmeister

„Geht des jetz endlich in euer Hirnkastl nei?“…

… fragt der Lehrer, wenn er was zum fünften Mal erklärt hat. In der bayerischen Anatomie ist das Gehirn ein Schränkchen: Türchen auf, Wissen rein, Türchen zu.

„Spatznhirn“

Graue Masse mit geringem Aufnahmevermögen.

„Wenns d' nix lernst, na muaßt in d'Huifsschui“ (Sonderschule).

Trockener Ratschluss, wenn der Sprössling schon wieder einen Fünfer heimgebracht hat.

„Sag amoi, bist du in d'Baamschui ganga?“ (Baumschule).

Frage an jemanden, der die Intelligenz einer Baumrinde hat. Ob es auch „Baamschuilehrer“ gibt, konnte nicht zweifelsfrei geklärt werden …

„A Hirn wiara Nudlseia und da no tausend Lecha drin".

Ein Hirn wie ein Nudelsieb mit tausend Löchern. Bei so einem bleibt nichts, rein gar nichts hängen.

„Da fehlts ja um d' ganz Neuhauser Strass!"

Es fehlt um glatte 300 Meter Münchner Einkaufsstraße. Für Menschen mit Ameisenhirngröße sind das schließlich unüberwindliche Längen.

„Da is Hopfn und Moiz verlorn."

Da hört man das Bedauern förmlich, denn Hopfen und Malz sind die kostbaren Zutaten des bayerischen Grundnahrungsmittels: vom Bier.

„Schaug ned so deppert!“
Schau nicht so blöd!

„Ned um a Fünferl an Verstand“.

Was bekommt man heute noch für fünf Cent? Sehr richtig. Genauso sieht es im Oberstübchen aus.

„Dümmer wiara Pfund Soiz!“

Dümmer als 500 g Salz. Eine Kartoffel hätte vermutlich einen höheren Intelligenzquotienten.

„Du bist so bläd, dass d'Dachrinna aussauffa kanntst.“

Auch wenn die Abflüsse verstopft wären, wer ist schon so dumm und säuft aus der Regenrinne?

„Zwiefen, zwiewen"

Beim Abfragen oder an der Tafel schikanieren. Seit der Abschaffung der Prügelstrafe sehnt sich so mancher Lehrersadist nach den alten Methoden.

„Dachtl"

Entweder mit der Hand auf den Hinterkopf oder mit dem Stecken auf die Handfläche. Hauptsache, es tut weh.

„Scheitlkniagln"

Wer minutenlang auf spitzen Holzscheiten knien darf, ist für den Rest des Tages bedient.

„Tatznstecka"

Dünne Stecken aus stabilem Holz, die schmerzhafte Striemen auf den Händen (Tatzen) hinterlassen.

„Wenns d' ned staad bist, back i di bei de Ohrwaschl und reiß da s alle aus, bis auf zwoa!"
Wenn du nicht still bist, packe ich dich bei den Ohren und reiße dir alles aus – bis auf zwei."

„Ohrwaschlzupfa"

Vielleicht hört man besser, wenn einer einem die Ohren so lange zieht, bis sie glühen?

„Ohrwaschlrennats"

Alarmstufe 2. Da brennen („**rennen**") die Ohren schön, wenn man sie beide wie einen Zügel hin und herreißt.

„Federnrupfa".

Ein eiserner Griff an die Schläfenhaare, und der Schüler läuft dem Lehrer nach wie ein blökendes Lamm.

„Hackerl-Schiaßn“ (Häkchen-Schießen)

Böse Sache: Gefaltet und geknickt wird ein V-förmiges Papierstück mit gespanntem Gummi zum Vordermann geschossen. Kann sehr schmerzhaft werden. Gern genutzt auch als Brieftaube („**Briafdaum**“) für Schummelzettel.

„Spicken“

Unerlässliche Arbeitstechnik eines Schülers zum Unterschleif. Aufpassen muss er nur, dass ihn der Lehrer nicht mit seinem „**Spickzettel**“ erwischt und ihm einen „**Spicksechser**“ gibt.

„Jetz foit fei glei der Watschnbaum um!“

Liebevolle Androhung einiger „**Schelln**“ (Ohrfeigen), die aber zumeist nie erfolgen.

„Schwitzkastn"

Je fester die Klammer, desto größer die Wut – des Eingeklemmten natürlich.

„An Knedl oder an Spitz gebn"

Dem Feind mit Knie oder Fuß einen Tritt in den Hintern verpassen, am besten aus dem Hinterhalt.

„Ameisenrennerts"

Die Haut am Arm des Unterlegenen heftig gegeneinander verdrehen, dass es richtig schön brennt.

„Fingabritschn/Bratzln"

Sportliche Herausforderung: Gegenseitig auf die Finger hauen, bis die Tränen kommen.

Junge Hupfer

„Muattabiabal“

Muttersöhnchen, hängt noch am Rockzipfel seiner Mama. Verzogener, verweichlichter Bursch.

„Kniabiesler“

So einer muss aufpassen, dass er sich nicht immer noch wie ein kleiner Bub ans Knie pinkelt. (bieseln = pinkeln)

„Hemmadbiesla“

Der schafft es immerhin schon etwas höher mit seiner Ziellinie, aber den Hemdzipfel verfehlt er doch nicht immer.

„Lattirl“

Gemein – da is man schon jung, unsicher und „**ned Fisch und ned Fleisch**“ und dann hat man auch noch den Spott!

„Aufgstellter Mausboller"

Da muss einer seine napoleonischen Maße zu napoleonischer Größe aufblähen. Verschärft spottgefährdet.

„Auftreiber"

Ballermann lässt grüßen. Bei diesem **„Gaudibursch"** sind vierundzwanzig Stunden Action angesagt, Hauptsache kein Stillstand.

„Dutterer"

Junger, unerfahrener Mann, der sich wichtig macht.

„Spruchbeutel"

Angeber, Worthülsenschleuderer, Dampfplauderer.

„Der ko vor Kraft ned geh"

Dem Muckibudenheld fällt's Gehen schwer.

„Der hat fei an Schmoiz unter der Irxn!"

Wer so viel „Kraft in der Achselhöhle" hat, schleppt auch spielend Zementsäcke. Echte Mannsbilder, aus dem Leben gegriffen.

„Bracklmannsbuid"

Ein Prügel von Mannsbild. Klaviertransporte mit einer Hand sind für den ein Kinderspiel.

„Keandlgfuadada"

Keine Metabolic-Schönheit, aber gesund wie sein eigener Werbeprospekt und der Inbegriff des Naturburschen.

„Langs Scheißhaus"

Elend langer, dünner Mann.

„Krischberl, zaundirrs!"

Zartgliedriger Bubi aller Altersstufen.

„Wos wuistn, du Manschgal?
Schleich di, sonst schnupf i di!"

Wie die Spielfiguren beim Mensch-ärgere-dich-nicht, kann man ein Manschgal herumschieben, wie man will. Hau ab, sonst setzt's was!

„Laare Hosn"

Im Verdacht der Impotenz befindliches Mannsbild.

„Is des a laare Hosn!"

Mit dem ist ja wirklich nichts los, dem Schwächling!

„Sack voi Hirschgweih"

Dürrer Knochenhaufen mit weiblichem, wenn auch unansehnlichem Antlitz.

„Heigeing"

Langes Elend von dünnem Mädchen.

Anständige Frauenzimmer:
Büchslmadam – Hafa – Krampfhehna – Mistamsl – Quadratratschn – Rutschn – Schraumdampfer – Überstandige – Wurzn – Ziefern

Chinesisch-bairischer Komparativ
von Autor Gerald Drews:

„Beißn" – zeterndes Weib.

„Zang" – die Tochter.

„Zang-Zang" – die Mutter.

„Beißzang" – die Schwiegermutter.

„A Anatomie hat a jeder, aber bei de Weiberleit schaugt's hoid scheena aus." Frei nach Friedrich Torberg: „Ois, was an am Mo scheena is wia an am Aff, is a Luxus".

„Des waar oane aufs Kraut nauf"

Ein Mädl, schön garniert zu Wammerl und Sauerkraut, da läuft dem Bayern das Wasser im Mund zusammen.

„A Sauberne"

Ein größeres Kompliment für eine schöne Frau gibt es nicht, zumindest brächte der Bayer keines über die Lippen.

„Zwickerbussl"

Zärtlicher Kniff in die Wange.

„Gamsig" – liebestoll

„Bremsig" – dito, die Sinne schwinden…

nacha hoid ned	Dann halt nicht!
mogst mi ha	Magst mich, hm?
obstd mi mogst	obs d' mich magst
hob i gfrogt	hab ich gefragt
a bisl!?	Ein bisschen!?
na derfst	Dann
mi geanham (Benno Höllteufel)	kannst du mich mal…

„Kannst mi gern ham!"

Rutsch mir den Buckel herunter (oder „**Leck mi doch kreizweis!**"), aber bestimmt nicht: Hab mich lieb!

In einigen Regionen heißt **„Vuizvuigfui"** auch **„Veizveigfei"**. Da der Bayer mit „Viel zu viel Gefühl" meist überfordert ist, ist er sparsam im Ausdruck.

Stundenlang läuft der Maxe neben seiner Angebeteten her und überlegt krampfhaft, wie er ihr seine Liebe erklären soll. Nichts ist treffend, nichts romantisch genug. Schließlich erreichen sie ihr Haus. Maxl holt tief Luft und fragt: „Ja, soi i'n jetz raushoin, ha?"
(Frei nach Oskar Maria Graf)

Apropos Vuizvuigfui: Das Bayerische hat elf Doppellaute!
Äi („Veizveigfei", wie „hey!"), **åi** (Båi = Ball, wie engl. „boy"), **au** (wie „Kraut"), **eà** („eahm" = ihm, wie gern,), **ei** („mei", wie drei), **ià** („liab", wie in Klavier), **oà** („zoag", etwa wie bei „boah, ey!"), **oi** („voi", wie der Fisch „Koi"), **ou** (regional: doud = tot, wie engl. „toe"), **uà** („Bua", wie „Kur"), **ui** („Vuizvuigfui", wie „hui"). – Und jetzt üben…!

„Da hättns Daum ned scheena zamtragn kenna!"

Zwei Tauben, zueinander getragen, würden nicht so schön schnäbeln wie die beiden Liebesleut, von denen die Rede ist.

„Schmuser"

Kein Mann zum Kuscheln, eher ein Agent und Heiratsvermittler mitsamt „Maklergebühr".

„Stuhlfest"

Brautgespräch. Kompetent werden hierbei die Brautleute vom Pfarrer auf Ehe und eheliche Pflichten vorbereitet.

„Heiratn und Schlittnfahrn muaß schnei geh."

Vor allem wenn es ein Siebenmonatskind werden muss, weil die Braut schwanger ist.

„Mit meim Mo hab i's darodn. Der is scho vier Monat nach der Hochzeit gstorm."

Ja, Glück muss man haben.

„Erlaubt des dei Regierung überhaupts?"

Vorsichtige Frage nach der Meinung der Ehefrau, wenn einer eine Unternehmung plant.

„Wenn oana von uns zwoa stirbt, geh i ins Altersheim"

Realistische Planung eines Ehepartners für den Lebensabend.

„Sechzig Jahr verheiratet, herzlichen Glückwunsch!" gratuliert der Reporter den beiden Jubilaren. **„Da derffas ma aa gratuliern"** antwortet da die Frau, **„weil da ghört scho was dazua!"**

D'Arwat

„Bei der Arwat reißt der si koan Haxn aus!"

Sollte damit gar ein Beamter gemeint sein?

„Des is ma so wurscht, wia wenn in China a Radl umfoit."

Empathische Bemerkung eines Schalterbeamten, der soeben seinen Rolladen herunter lässt, obwohl noch fünf Leute davor stehen.

„Wia schaugstn du aus?", fragt der Kare den Luggi. **„Ganz derkemma schaugst aus!" „Da soi i ned derkemma sei"**, jammert der Luggi, **„bei dera schwaarn Arbat!" „Ja was muaßtsn so schwaar arbatn?"**, will der Kare wissen. **„Zementsackl schleppa, an ganzn Dog"**, stöhnt der Luggi. **„Sacklzement, des is freile hart. Wia lang machstn des scho?" „Moing fang i o."**

„Dohoggandedodeoiweidohoggan"

Stammtischtafel an mindestens fünf Millionen Stammtischen. Da hocken die, die immer dasitzen.

Du? , sagt er.
Ja? , sagt der andere.
Nix, sagt er.
Aso, sagt der andere.

„Sag amoi, da herin stinkts ja fürchterlich!", beschwert sich einer der Stammtischbrüder. **„S wern hoid wieder d'Hund sei!"**, antwortet ein anderer. **„Es san aber doch gar koane Hund ned da!"**, meutert der erste. **„Nacha wern s scho no kemma"**, mischt sich der Dritte ein. **„Ja nacherd"**, sagt darauf der erste und ist zufrieden.

„Mit dem spuin s heit Kaschberl in der Schlucht."

Wenn der Gegner den Spieler sinnlos kreuz und quer hinter dem Ball herlaufen lässt (wörtlich: Mit dem spielen sie heute Kasperle in der Klamm).

„Dua des Bügleisn aus de Schlaich!"

Hilfreicher Zuruf nach einem missglückten Schuss oder Pass. Die **„Schlaich"**, also Schläuche, sind die Fußballschuhe.

„Jessas, der ganze Bua a Depp!"

Haare raufender Ausruf, wenn der heimische Spieler einen Fehler nach dem anderen macht.

„Du soist Fuaßboi spuin und ned Tragl schiaßn!"

Freundliche Anregung von der Tribüne. Es hilft nicht, der Spieler schuldet seiner Mannschaft einen Kasten Bier, weil er daneben getreten hat.

„Kimm i hoam, liegt oana mit meiner Frau im Bett. Hat ma des scho ned baßt. Aber wia er mi nacher beim Wattn mit der Oache Sau gstocha hat, da hat er mir gstunga."

„**Wattn**" heißt nicht „warten" oder „wat denn?" Es ist viel mehr ein urbayerisches Stichspiel ums Geld: 4 Männer, jeder 5 (bayerische) Spielkarten – und viel Bluff.

„Der Maxe, der Belli, der Spitz."

Herz König, Schellen Sieben, Eichel Sieben sind beim Wattn die „Kritischen", die Haupttrümpfe.

„Trumpf oder Kritisch, Sau oder Bolitisch?"

Frage zum Spielauftakt.

„Den nimm i dant!"

Eine Angelegenheit ohne Zögern in Angriff nehmen und erfolgreich zu Ende bringen.

Farb und Schlag

Farben:

„Oache“ (Eichel)

„Schein“ (Schelle)

„Gros“ (Gras)

„Heaz“ (Herz)

Schlag:

„Sau“ – Ass

„Sessldrucker“ – König

„Saalflitza“ – Ober

„Bochramma“ (Bachräumer) – Unter

„Bahnschwellnhupfa“ oder

„Eisenbahner“ – Zehner

„Brotzeit“ – Neuner

„Otto“ – Achter

„Notschrei“ – Siebener

„Sauber, jetz habts man aufgarwat!", sagt d'Witwe zu de Schafkopfspieler, wia der Mo beim letztn Stich dod umgfoin is.

„Im Nachbardorf hams fei oam d'Kartn aus de Händ operiern miassn."

Wenn einer wieder zu lange die Karten mischt.

„Aus jed'm Dorf an Hund"

Nix gescheites, aber von jedem etwas.

„Raus muass er, sagt da Zahnarzt!"

Ein Spieler spielt Trumpf aus.

„Bewirb di doch ois Leichenredner!"

Wenn einer nach dem Spiel zu lange diskutiert.

Bierdimpfen

„Das sitzns, die Bierdimpfen an ganzn Dog und hoitn si am Bier fest."

Beobachtungen im Wirtshaus. Stumpfsinnig sitzen die ewig gleichen Männer da und halten sich den ganzen Tag am Bier fest.

„Bsuffas Wagscheitl"

Schwankt wie die Querstange einer Deichsel.

„Noagalzuzla"

Einer, der sich an die letzte **„Lacha"** (Lacke, Pfütze) im Bierglas klammert. Auch für jemand, der Bierreste Anderer trinkt.

„Hoggableiba"

Notorisch letzter Gast im Wirtshaus.

„Mein Oidn bring i aa nia aus der Wirtschaft raus", sagt Resi zur neuen Nachbarin, als die erzählt, dass ihr Mann Wirtschaftsprüfer ist.

„Megst a Bogfotzn, ha?“
Willst du eine richtig schöne Ohrfeige?

„Was wuistn, du Schoaßwiesn, du mistige?“
Arrogante Gegenprovokation: Du Furz Wiese, du kompostige?

„Von dir lass i mi fei ned profitiern!“
Postwendende (authentische!) Antwort – allerdings hätte es vielleicht „provozieren“ heißen sollen?

„A Backerl Fotzn is glei auf- grissn!“
Ein Päckchen Ohrfeigen ist schnell geöffnet!

„Und i hau di zam auf an Meter fünf.“
Und ich stampf dich auf Zwergengröße ein.

„Domischidiauf!“
Ich hau dich kurz und klein!

„Sammawiedaguad?"
Vertragen wir uns wieder?

„Schwoamasobi!"

Runterspülen ist immer gut. Typisch männliche Kummer- oder Streitbewältigung, vor allem zur Versöhnung.

Der Xare kommt angeschlagen von einer wilden Wirtshausrauferei heim. Es hat ihn ganz schön erwischt. Am nächsten Morgen ist er jedoch wieder ganz der alte, nur der Kopf tut ihm ein bisserl weh. Nach zwei Wochen fängt seine Frau zu schimpfen an. **„Oiso, Sepp, jetzt gehst aber endlich zum Dokta und lasst da den Maßkruagscherbn ausseziagn! Du arbatst ma sonst no as letzte Kopfkissn auf."**

„A Guada hoits aus und um an Schlechtn is ned schad drum."

Ein Guter hält's aus und um einen schlechten ist es nicht schade.

„Mei, bist du heit belzig."

Schlecht gelaunt, was? So ein Zeitgenosse hat es nicht leicht, so übellaunig wie er ist. Da wird doch gleich alles andere „pelzig", also fühllos: der Arm, wenn er einschläft, die Zunge, wenn sie Bitteres schmeckt, oder der Kohlrabi, der holzig wie eine Steineiche ist.

Als bayerischer **„Grantler"** reiht sich so ein mürrischer Griesgram mitunter in die Reihe der Philosophen ein, auch wenn seine Weisheit darin besteht, es sich und anderen schwer zu machen.

„Zwidawurzn"

Unausstehliche „Kotzbrocken" beiderlei Geschlechts. Er ist sich selbst zuwider, quält aber andere gern und sadistisch mit seinem traurigen Anblick.

„Fadrusszapfa"

Verdrießlicher Zeitgenosse, mit dem man sich lieber nicht anlegt. Prädestiniert für Nachbarschaftsstreits.

Gloiffe

„Der sagt ned Griasgod, ned Pfiagod, der Gloiffe, und dahaom ham s bei dem aa nur an Sog statt der Tür"

Ein Traum von Gentleman: Kein Gruß, keine Verabschiedung, und statt Türen hängen bei ihm Säcke vor dem Eingang.

„Lackl"

Ungehobeltes Mannsbild, dessen Bezeichnung sich von dem französischen General Graf von Mèlac ableitet, welcher im 17. Jahrhundert in der Pfalz wütete.

Aus Napoleonischen Zeiten (um 1800) haben sich übrigens zahlreiche französische Wörter erhalten. Zum Beispiel **„Balier"** (Polier, von parler – sprechen), **„baddu"** (partout – unbedingt), **„Parasoi"** (parasol – Sonnenschirm), **Schäsn** (chaise – kleines Wägelchen), **„Trottoir"** (trottoir – Gehsteig), **„Wisawi"** (vis-a-vis – gegenüber).

Ein Bettler spricht einen Mann an, der den Kopf in weiße Tücher gewickelt hat. „Aha, a Maharadscha", denkt er sich, „den kriag i scho rum". „Erhabener Sahib!", sagt er, „ehrwürdiger Sohn des Dschungels, ich bitte dich, in deiner Großmut, um eine milde Gabe!" „Du Siach", (du begriffstutziger Dummkopf), **sagt der Eingewickelte, „mir is a Bleamescherbn** (Blumentopf) **aufn Kopf gfoin!"**

„Du blattada Semmegeist!"

Kein Toupetträger, sondern glatzköpfig, und obendrein dumm und begriffstutzig.

„Springt der Lalli aufd Seitn!", ärgert sich die Bäuerin, als sie hört, dass sie viel mehr Rente bekäme, wenn ihr Einfaltspinsel von Mann vom Baum erschlagen worden wäre.

„Mei bist du a Lapp!"

Lass dir doch nicht alles bieten, du Trottel!

Beliebter Zeitgenosse, der alles wissen, alles können, und vor allem alles besser machen will als andere. Eng verwandt mit dem Siebengescheit von **„Gscheidhaferl"**.

„Dipfescheisser"

Als Korinthenkacker wird so einer mit Vorliebe im Controlling und bei anderen Überwachungstätigkeiten eingesetzt.

„Zweifescheisser"

Hält andere auf, indem er stetig zweifelt und zögert.

„Verklaghaferl"

Petzer, auch **„Britschhaferl"** genannt.

„Der muaß ja glei zwoamoi in d' Stubn gehen, bis man oamoi gsehng hat."

Der ist so dünn, das man ihn übersieht.

„Der, wenn niast, na blastsn davo."

Der wird von seinem eigenen Nieser davongetragen. Hatschiiii – weg war er.

„Der is a so dirr, dass der Schaffner beim Billetlzwicka moant, er waar der Fahrschein."

Aua! Wenn man aber auch gar so dürr ist!

„Die is mehr broad ois wia hoch."

Körpermaße: 150x150x150. Quadratisch, praktisch, gut.

Anato-ko-misches

„Gfrieß" – Fresse

„D'Wisasch" (Visage) – das Gesicht

„Schweinseigerl" – kleine Augen

„Luser" – Ohren

„Himmischmeckerl" – Stupsnase

„Nosnbene" – Einer der „nasert" ist, also eine lange Nase hat

„Nosnramme" – Popel

„Brotladn" – Mund

„Froschmai" – Froschmaul

„Gsichtsmatratzn" – Vollbart

„Adamsbutzn" – Adamsapfel

Und **„hoisabwärts des ganze Zeig"**. Und was man sonst noch für Körperteile hat.

„Dua dein Belli aufd Seitn!"

Einfühlsamer Ruf, wenn der Sitzriese vor einem immer wieder seinen **„Grind"** (Schädel) ins Blickfeld schiebt.

Bimbus, Bellibum (Kopf) – **Oakobf** (Eierkopf) – **Gschwoischädl** (dicker Kopf) – **Quadratschädel** (wuchtiger, eckiger Kopf, meist ein sturer Mensch) – **Gipskobf** (Hohlschädel)

„Du host as schee, du host koa Hirn und brauchst ned denga."

Neidvoller Seufzer eines echten Freundes, der sich mit seinem Denkapparat überlastet fühlt.

Wer beim Kartenspiel **„Wattn"** den **„Belli"** hat, hält den Schellen Siebener in der Hand. Beim **„Wattn"** gehört es zum guten Ton, dem Partner heimlich zu signalisieren, was man selber in der Hand hat: Kratzen, räuspern, eine Schnute ziehen, oder – beim **„Belli"** – mit dem rechten Auge zwinkern.

„Deine Zoozn kanntst fei aa moi wieder kampeln."

Deine Zottelhaare könntest du auch mal wieder frisieren!

„Nimm bittschön dein Grind vom Disch!"

Lege doch bitte deinen Kopf nicht ausgerechnet auf der Tischplatte ab!

„Mit deine Schmoizfedern konnst dei Radlkettn schmian!"

So kann man seine fettige Haarpracht auch als Schmierstoff für Fahrradketten nutzen.

„Ui, des is a ganz a haarige Sach!"

Die Angelegenheit verspricht kompliziert zu werden und erfordert viel Feingefühl.

„Gei, da schaugst aus de Augn, weilsd' mit die Ällabogn nix sieghst."

Was, habe ich mir als Kind überlegt, wenn der Angesprochene tatsächlich Augen am Ellbogen hätte?

„Des siehgt ja a Blinder mitm Krückstock."

So fest kann man einen gar nicht mit der Nase drauf stupsen, dass er es übersieht!

„Ja, eahm schaug o, den gschiaglad Beppi, wia er drauf schaugt, dass er mit seim rinnaugerdn Batzlaug ned gar a so oaaugerd herschaugt!"

Sieh mal, wie der schielende Josef darauf achtet, dass er mit seinem triefenden Glupschauge nicht so einäugig aussieht!

„A baar Augn sans aa."

Genügsamer Trost für einen, der nur eine Eins gewürfelt hat, bzw. irgendwo ein schlechtes Ergebnis erzielt hat.

Ohrnschmalz

„Leut zählts amoi alle eure Ohrwaschln!", sagt der Wirt nach der Rauferei. **„Da is oana, dem geht oans ab."**

„Sperr gfälligst deine Ohrwaschl auf, wenn i zu dir was sag!"

Aufmunternde Anregung für einen mit Ohren auf Durchzug.

„I bin ja ned dorad."

Ich bin doch nicht taub. So antwortet mit Vorliebe einer, den man mehrfach um etwas gebeten hat und der erst jetzt reagiert, weil man ihn anschreit.

„Dem lafft der eigene Schmoiz scho aus die Ohrn raus."

Da trieft einer förmlich vor lauter Arschkriecherei.

„Der Bertl hat einen Mordstrum Zinkn im Gsicht."

Besagter nennt ein beeindruckend großes Riechorgan sein Eigen.

„Der ko im Steh schlaffa, wenn er sei Nosn in' Baum neihackelt."

Normal benaste Campingfans werden da neidisch sein, denn so einer braucht weder Zelt noch Wohnmobil.

---

eha	He
mit der langa zeha,	Du mit der langen Zehe,
mid da langa Haklnosn	mit der langen Hakennase
konst an Schoaß ind Nosn	kannst nen Furz in die Nase
blosn	blasen. (Benno Höllteufel)

„Des riacht ma hundert Meter gegan Wind, dass des zum Himmi stinkt!"

Die Sache ist definitiv faul!

„Hoitst jetz endlich dei Bappm?!"

Verschärfte Verwarnung ans vorlaute Kind, das einfach nicht den **„Brotladn"** (Gosche) halten mag.

„Jetz mach hoid amoi endlich dei Mai auf!"

Mach doch endlich den Mund auf! Dringlicher Stoßseufzer: „Nun sprich doch endlich!"

„Der hat a Mai wia a Dultmensch."

Wer weiß, wie sich Marktschreier **„as Mai franslig redn"** (den Mund fransig reden), weiß, wie ausladend so ein Mundwerk daherkommt.

„Na haust as Mai ans Discheck"

Heute gibt's nicht zu essen für dich, soll heißen: Da kannst du nun zusehen, wo du bleibst.

„Dua dein Bleschl nei, sonst frierts di!"

Freundlicher Ratschlag zu allen Jahreszeiten für Menschen, die unentwegt plappern.

„Da hängt eahm der Bleschl sauber naus."

Einem hängt die Zunge vor Erschöpfung heraus, oder vor Gier nach einer Sache bzw. Frau.

„Schubladl" – Unterbiss

Stehen zwei nebeneinander. Der eine hat eine weit vorgeschobene Unterlippe, der andere eine überhängende Oberlippe. **„I woaß ned"**, sagt der mit dem Schubladl, **„dass mir oiwei ins Mai reinregn't, wenn i red!" „Könnt ned klag'n"**, nuschelt der andere." – (Dass es mir immer in den Mund regnet, wenn ich spreche! – Ach, ich kann nicht klagen.)

Kroobf

„Jetz steh ma da mitm gwaschna Hois."

Alles umsonst! Da hat man sich extra mal gewaschen und dann bringt es nichts, sowas!

„Is der Hois dicker wia der Koobf, nennt mas an Kroobf."

So werden treffsichere Diagnosen gemacht: Ist der Hals ausladender als der Kopf, ist das ein Kropf.

„Schmecks, Kropferter" – sagte der Igel und stieg von der Klobürste…
Der Bayer als anatomischer Extremfall **„schmeckt"** etwas, wenn er etwas erahnt oder riecht.

„Glubbal"

Finger, auch Wäscheklammern.

„Da verbrennst da fei sauber die Glubberl!"

Lieber nicht einmischen, sonst verbrennt man sich nur die („**Wurschtl**"-)Finger.

„Muaßt jetz du deine Griffen überoin drin ham?"

Vorwurfsvoll: Musst du wirklich überall mitmischen? „**Griffe**" (Griffel) sind Finger.

„**Dapper**" – Finger-, Fuß-, Pfoten- oder Schuhabdruck. Aber auch: „**Machst oan foischn Dapper, schmeißt's di glei hi!**" – ein falscher Schritt und schon landet man auf dem Boden.

„Pratzn wiara Abortdeckl."

Notfalls sind diese Hände auch als Toilettenabdeckung einsetzbar.

Magntratzerl

„Der Mampf soi glanga? Des is ja grad amoi a Magntratzerl!"

Verzweifelter Ausruf eines „Dschungelcamp"-Mitglieds, wenn es wieder nur für eine Handvoll Reis gereicht hat.

„Mir hängt der Magn in die Knia."

Anatomische Verschiebung im Leib des Bayern, wenn er einen Bärenhunger hat.

Magnschoas – Rülpser (Magenfurz)

Schnackler – Hetscher

Hetscher – Schluckauf

„I gang so gern auf d'Kampnwand, wenn i mit meiner Wampn kannt."

Berühmter Stoßseufzer eines **„blaadn"** Wanderfreunds, wenn ihm der **„Hendlfriedhof"** (Hühnerfriedhof, Wanst) im Weg umgeht.

Arsch, Oosch, Oasch, Orsch

Hinterteil, Gesäß, Popo. Sehr wichtiges Körperteil mit hohem Tauglichkeitsgrad als Mittelpunkt von Flüchen, Beschimpfungen und besonders bildhaften Witzen.

Schaut der Bauer seiner Frau beim Putzen zu. Sagt er: **„Du hast an Orsch wia a Waschmaschin".** Ist sie beleidigt. In der Nacht hätt er gern was von ihr gewollt. Sie rührt sich nicht, schweigt eisern. **„Jetz komm!"**, bettelt der Bauer, **„was hast'n heut?"** Da tönt es schließlich mit eisiger Grabesstimme. **„Für dein Hadern schmeiß i mei Waschmaschin ned o".** (Hadern = Lappen/Lumpen) – Alles klar?

„Broadarscherd"

Beschreibung des dicken Hinterns von Kaltblutpferden oder Frauen.

„Des mach i dir arschlings."

Wofür andere die volle Konzentration benötigen, muss dieser Angeber sich nicht einmal umdrehen.

„Da geht da der Arsch auf Grundeis."

Alarmstufe rot für jemand, der Grund zum Fürchten hat.

„Wenn's Arscherl brummt, ist's Baucherl gsund."

Alte Lebensweisheit auf Toiletten, zumeist auf Spruchtafeln in atemberaubendem Rustikalkitsch aus Schnitzwerk oder Gussgips.

„Himmiarschundzwirn!"

Keine Nähanleitung für Ärsche, sondern ein herzhafter Fluch.

Schoaß

Erstaunlich, wie kleine Missgeschicke immer wieder große Wirkung entfalten! Seit Jahrmillionen lacht die Menschheit über die aberwitzigsten Klänge und Geruchssensationen in windigen Zeiten. Ein ewiger Freudenspender, so ein **„Bumbs, Bums oder Schoaß".**

„Schoaßler" – Dauer-Darmwind-Produzent.

„Schoaßlad" – So riecht es, wenn obige ihre Geruchspracht entfalten.

„Umanander schoaßln" – Sich wichtig machen.

„Oide Schoaßdromme" – Betagte Furzherstellerin.

„Du klaona Schoaß!" – Du Knirps!

D'Fiaß/Pfiass

Feierabend. Otti und Waggi brüten vor sich hin. Sagt der Otti: **„Was dea ma'n jetz?"** Erwidert der Waggi: **„Pfiass weh."**
Was tun wir denn jetzt? Die Füße weh…

Der Bayer kennt eigentlich keine Beine. Bei ihm gehen „Füße" von der Hüfte bis zum Boden.

„D' Fiaß in Bauch steh."

Endlos anstehen.

„Na muaßt di hoid aa amoi aufd Hinterfiaß stelln!"

Frommer Elternrat für stinkfaule Schulkinder nach dem Zwischenzeugnis, wenn sie sich über die schlechten Zensuren wundern.

„A Sach kriagt Fiaß."

Etwas wird gestohlen.

Die hat Haxn, auf und auf wia a vordere Hundspratz.“

Wenig schmeichelhaft für Beine, die vom Knie bis zur Ferse eine einzige Säule bilden, so formlos wie die Vorderpfote eines Hundes.

„Huraxdax! Bax bei der Hax!“

Treiberspruch auf der Jagd.

„Krautstampfer“		**„Betonstampfer“**
„X-Haxn“	–	**„O-Haxn“**
(innengestellte Beine)		(außengestellte Beine)
„Spatznwadln“		**„Fußballerwadln“**

„Geh, reiß ma an Hax aus!“

Natürlich keine Aufforderung zu Gewalttätigkeiten, vielmehr Erstaunen und Verblüffung pur.

„Grias God, Frau Kern.
Werd scho wieder wern.
Bei der Wimmer wars schlimmer!
Und bei der Frau Horn is wieder worn.
Nur d'Schmittn hat a weng glittn."

„Aber sonst bist scho no gsund, ha?"

Sarkastische Bremse für einen, der sich ständig in den Vordergrund spielt oder permanent übertreibt.

„Hemaritnschaukel"

Nichts für die Gerichtsmedizin, eher schon was für den Mechaniker. Gemeint ist ein rostiges, altes Auto.

„Mei, Herr Dokta, außenrum schaugt mei Mo ja no ganz guad aus, aber eiwendig is er hoid ganz derfeit!"

Frau über das „verfaulte" Innenleben ihres Gatten.

Keine Hyäne, sondern Hygiene. Der Bayer kennt in der Aussprache kein „Ü" und sagt lieber „i".
Bei sprachlich-norddeutschen Verrenkungen wie bei „Tschüss" oder „Kirche" (gesprochen: Kürche) …

„…biagts eahm d'Zehanägl nauf.",

… leidet er also Höllenqualen.

„Gschnieglt und bieglt, gschneizt und kamped."

Elegant gekleidet, im frisch gebügeltem Hemd, mit geputzter Nase und gut frisiert – so sieht der Traum-Schwiegersohn aus!

Und so bitte lieber nicht: **„miachtln"** (muffeln) **„schwoaßln"** (nach Schweiß riechen), **„Baamhackl"** (Dreck auf der Haut), **„Zechankaas"** (Käsefüße), **„ausm Mai stinga wia a Handwerksbursch ausm Hosndirl"** (Mundgeruch wie aus der Unterhose).

Der **Beppi** ist das Toupet, das der Herr von Welt sein Eigen nennt, wenn er nicht **„plattert"** (kahlköpfig) umeinanderlaufen möchte.

Der Lehrer zum Paule: **„Wenns d' weiter so schlecht in der Schui bist, kriagt dei Vater no graue Haar."** Sagt der Paule: **„Mei, Herr Lehrer, da waar er ja so froh, wenn er koa Glatzn nimma hätt!"**

Da lernt man in der Schule, dass zweimal Nein sich aufhebt – beim Bayern ist's grad verkehrt herum: Nein bleibt nein, umso mehr, wenn es doppelt eingesetzt wird. **„I hab no nia nix gsagt"**, heißt nicht „Es ist noch niemals vorgekommen, dass ich geschwiegen hätte", sondern: „Ich habe überhaupt noch nie etwas gesagt."

„Ja, spinnt der Beppi!"

Ausruf der Überraschung. Auch auf Fernreisen einzusetzen. So verjagte meine betagte Mutter zwei wilde Paviane, welche Kekse aus der Küche ihres Safaricamps stibitzt hatten. Gut, dass die beiden Bairisch verstanden haben!

„Gwandlaus."

Aufdringlicher, lästiger Mensch.

„Da beißt die Maus koan Fadn ab."

Daran ist nichts zu rütteln.

„Da foin nacherd d'Haar drüber."

Das ist Optimismus: Kommentar einer Störschneiderin, die die Rückenpartie vom neuen Sommerkleid der – raspelkurzhaarigen! – Tochter des Hauses völlig verschnitten hatte: das verdecken dann die Haare …

„Da muaß a oide Frau lang Sogga stricka, bis se si an Porsche leistn ko."

Riester und Rente.

„We'ma aa d'Sogga und Schuah versauffa, hamma oiwei noo unsere Fiaß."

Es kann nichts passieren, schlimmer als schlimm kann es nicht werden.

Duachdrima Dreghamme, duachdrima!

Hinterhältiges, durchtriebenes Schwein, du! Der Bayer liebt Alliterationen, Wiederholungen und Verdoppelungen. **„Du Depp, du depperter Depp du!“**

„Du roudfotzada Bauanschel!“

Du Bauernschädel mit Bluthochdruck!

„Du Amsl, du bläde!“

Das ist noch recht einfühlsam, eine Dame als Singvögelchen bezeichnen – wo man sie doch viel lieber **„Britschn“**, **„Brunzkachl“**, **„Dregluada“**, **„Schartekn“** oder **„Zuchtl“** titulieren würde!

„Du blaubaucherte Bauernsau!“

Absoluter Superlativ von Beleidigungsverbalie, mit Lacheffekt.

„Himmiherrgottsakrament, jetz waar i boid an d'Wand hi grennt!"

Beinahe wär ich an der Wand zerschellt.

„Hakozar…"

Chat-Version von Herrgottsakra.

„Das di der Deife hoi!"

Der einzige deutsche Satz, in dem alle drei Artikel nacheinander stehen: das, die, der. Alles klar?

„Bluadskadharrh, agratt beim Niaßn hob i aa no biesln miassn!"

Gut, dass es kein Durchfall war, was hätte der Nieser sonst wohl angerichtet?

„Himmiherrgottsakramentkruzefixhallelujamileckstamoaschscheißglumpvarregts!“

Endlosspruch von Wilhelm Alfred Leibl, der in den 70er Jahren sämtliche Autos, Toilettentüren und Mobiliar verklebte.

„Zefixhallelujagreizdeifenomoisakradi!“

Bairischer kann man nicht fluchen.

„Kreizbirnbaumundhollerstaun!“

Kreuz Birnbaum und Holunderstaude!

„Bier her, Himmihergotterdäpfesakrament!“

Mit Manna lässt sich ein richtiger „Münchner im Himmel“ nicht abspeisen. **„Luja, sag i, zefix!“**

(Frei nach Ludwig Thoma)

„Des is vielleicht a Zwiderwurzn, mei liaba!"

Klare Worte, nicht für eine Rübenart, sondern für einen Sauertopf, worunter allerdings wiederum kein Gericht zu verstehen wäre …

„Fleischpflanzl"

Bezeichnung für eine kleine fleischfressende Pflanze? Weit gefehlt! Es handelt sich um eine – gottlob essbare – Boulette.

„Da hat er mi sauba pflanzt."

Kein Erfahrungsbericht einer Gartenpflanze, vielmehr ist hier einer tüchtig an der Nase herumgeführt worden.

„An oana Staudn verreckt koa Goaß."

Äußerst „hilfreicher" Trostspruch von Vätern, wenn die Tochter Liebeskummer hat. An einer einzigen giftigen Staude stirbt keine Ziege.

„Auf der Oktoberwiesn gibts Ochsn und Hehna grad gnua, de oan wern bratn, de andern schaung zua". Komiker Anderl Welsch 1881

„Krambfhehna"

Jemand, der nur verkrampftes dummes Zeug daherredet, wobei damit auch durchaus Gockel gemeint sind.

„A Hund is er scho!"

Großes Kompliment an einen **„ausgfuchstn"**, cleveren Menschen.

„Gei, da schaugst wiara Aff, wenns blitzt!"

Ja, da schaust du recht entgeistert...!

„Wenn a Laus am Ohr is, backs, drucks und gar is!"

Fachmännischer Kammerjäger-Tipp mit lateinischen Anklängen (vena laus amoris, pax, drux, garis).

„Blinder Brem"

Dieses blinde Insekt (Bremse) findet im Bettengeschäft nicht einmal mit dem Blindenstock in ein Bett. Einer sieht den Wald vor lauter Bäumen nicht.

„Apruiaff"

Wer sich bereitwillig in den 1. April schicken lässt und in der Apotheke **„für a Fünferl a Ibidum"** (Ich-bin-dumm) oder **„a Flascherl Binisodum"** (Bin-ich-so-dumm?) kaufen will, der ist am Ende der Aprilochs. Seltsame Mutation …

„Mistgabehengst"

Hochgekommener Knecht, der die Mistgabel noch in der Hand hat, aber schon auftrumpfen möchte. Parvenu.

„Adabei"

Nicht der Klapperstorch, sondern jemand, der immer und überall „auch-dabei-sein" muss: Unverzichtbares Mitglied der Münchner Schickimicki-Gesellschaft.

Von jeher gilt die Donau als Trennlinie zwischen Altbayern und dem Rest der Welt, der keine Weißwürste isst. Übrigens ist es – Knigge zum Trotz – absolut gesellschaftsfähig, eine Weißwurst in die Finger zu nehmen und sie zu **„zuzeln“**, auszusaugen – mehr oder minder geräuschlos freilich…

„Mogst aa a Wurschti, ha?“, ist die Standardfrage der Fleischerin an Kleinkinder, welche schon früh als Metzgerkundschaft gezogen werden sollen. Das obligate **„Radl Gelbwurscht“** ist Kult.

„Knecherlsulz“

Aspik, Bratensülze, aber auch ein geschwollener Fußknöchel, mit dem man umgeknickt ist.

„Gschwoine“

„Geschwollene“ Wollwürste, **„Nackerte“**, ohne Haut, zum Abbräunen in der Pfanne.

Der Bayer liebt Mehlspeisen und Gebäcke aller Art, auch wenn diese gefährliche Attacken auf die Figur darstellen.

In der Kochschule, der **„Knedlakademie"**, lernt man zuzubereiten:
„Baunkerl", „Fingernudln", „Hasnöhrl", „Hosnknepf", „Ochsngurgln", „Nuln", „Schuggsn", „Schoatnkiache", „Straubn", „Versoffene Jungfern", „Zöpf".

„Auszongne"

Nicht etwa eine nackte Frau, sondern eine schmalzgebackene Nudel, rund, flach und außen wulstig. Ihren Namen verdankt sie der Herstellung: Um sie zu formen, wird der Teig rundum ausgezogen.

„Bavesen"

In Eiermilch gewendete Weißbrotscheiben, die zusammengelegt und beispielsweise mit Zwetschenmus gefüllt, anschließend in Fett heraus gebacken werden. Schmeckt himmlisch – macht jede Diät zunichte!

„Es gibt nix bessers wia was guads"

Vor allem, wenn ein deftiger Schweinsbratn mit **„Knel"** (Knödel) vor einem steht.

„I bin doch ned auf der Brennsuppn dahergschwomma!"

Hallo, ich bin auch jemand! Ja, wer bin ich denn?! Die **„Brennsuppn"** ist eine Suppe aus einer Mehlschwitze und war ein typisches Armenessen.

„Du schaugst aus wia a Kaasloabe."

Du bist ja ganz bleich im Gesicht. Auch bei vorsommerlicher Bleiche, wenn einer noch daherkommt wie eine Mozzarella.

„Der Kas is bissn."

Eine Sache ist erledigt und ausgestanden.

„Der hat di glatt übern Tisch zogn."

Beim Fingerhakeln gewinnt mancher nur, weil er unlautere Mittel eingesetzt hat. Wer über den Tisch gezogen wird, wird also übervorteilt und ausgeschmiert.

Kommt er mit am Fetzn Rausch heim. D' Frau empfängt'n mit einem neuen, extra schweren Nudelwalker. Schimpft der Hausherr: „Des hamma gern. Koa Geld im Haus, aber neie Möbe kaffa!"

„Der Dings, ah, der Dings, woaßt scho, der Dings …, dem is doch des Dings, woaßt scho, des Mordstrum Dings, des is doch na vom Dings, ah, vom, wia hoaßt ma des, vom Dings abigfoin und is eahm doch pfeilgrad aufn Dings, ah, und na war er doch dings, ah…" „Aso, du moanst, wia am Kagermeier as Klavier übers Balkonglander aufn Kopf gfoin is und er na dod gwesn is?" „Genau. Dings, ah, dod."

„Trumm“

Teil, Stück, Abschnitt, Werkstück, Bruchstück, Möbel. Ein **„Mordstrumm“** ist ein besonders großes Riesen-Stück.

„Haus naus, des oide Glump!“

Gefährlicher Satz beim Ausmisten, weil man sich später die Haare rauft, dass man **„am Opa sein guadn Schrank“** für Gerümpel gehalten und zum Sperrmüll gegeben hat.

Wer sich als „Breiß“ outen will, drückt den Genitiv „hochdeutsch“ aus: Opas Schrank (ohne Depperl-apostroph!). Es heißt natürlich richtig: „Am Opa sei Sach!“ Das so genannte Hochdeutsch gibt es übrigens gar nicht, der Sprachwissenschaftler nennt es Standarddeutsch.

„Inschtrumenter“ (Instrumente): **„Diatonische“** (spezielles Akkordeon), **„Driangl“** (Triangel), **„Fotznhobe“** (Mundharmonika), **„Hackbredl“** (kein Küchenutensil!), **„Maultromme“** (Maultrommel), **„Tschinein“** (Becken), **„Ziach“** (Ziehharmonika).

„Mach koane Danz!“

„Mach jetz bloß koan Zwergerlaufstand!“
Klare Warnung, jetzt nur keinen Wirbel zu machen.

Der Moser war mit seinen Spezln in Rom. Begeistert erzählt er seinem – recht gebildeten – Nachbarn davon. Der fragt ihn: „Und, wie hat Ihnen die sixtinische Kapelle gefallen?“ Der Moser darauf mit Kennermiene: **„Ah ja, die spuit ja wirkli unbandig guad!“**

„Haftlmacher". „Da muaßt aufbaßn wiara Haftlmacher".

Hochkonzentriert und absolut genau arbeiten. Ein Haftlmacher war ursprünglich Haken- und Ösenmacher (Haftln).

„Der sauft wiara Bürschtnbinda."

Wahrscheinlich müssen Bürstenbinder ihre staubtrockene Arbeit mit viel Flüssigkeit – nicht nur, aber auch gerne Alkohol – kompensieren.

„Es rengt Schuasterbuam."

Im Englischen „it's raining cats and dogs!", hierzulande schüttet es vom Himmel.

„Foznspangler" – Zahnarzt.

D'Fozn ist zwar derb, aber in Bayern ausdrücklich nicht unter der Gürtellinie verortet!
„Hoit dei Fotzn!" heißt also lediglich: „Sei still, halt deinen Mund!"

„Gmiasweiwa"

Die Marktweiber vom Münchener Viktualienmarkt sind sprichwörtlich für ihre **„Goschn"** (Mundwerk) bekannt. Im folgenden Fall blieb allerdings die **„Raffl"** offen.

Eine wahre Geschichte:
Geht ein Mädchen mit einem kleinen Kind an der Hand über den Viktualienmarkt. Der Bub schreit gottserbärmlich, so laut, dass eine von den Gemüsefrauen ruft: **„Hörs schrein auf, sonst friß i di!"** Ruft das Mädchen zurück: **„Des daad i ned, mei Bruada hat grad ind Hosn gschissn!"**

„Baderwaschl"

Mischung aus Friseur, Bademeister und Wundarzt. **„Baderwaschl hat koa Geld im Taschl"** – Mit dem **„Waschl"** wird so mancher **„eingseift"** (auch: einwickeln, übervorteilen).

„Gschroamaulerde Drambahnschaffnerin."

Schreihälsige Straßenbahnschaffnerin.

„Aborttieftaucher"

Schimpfwort für einen, der den letzten Scheiß verdient hat.

„Haringsbändiger"

Heringsverkäufer im Kramerladen. Ansehen gewinnt man dadurch sicher nicht …

„Loamsiader"

Langsamer schwungloser Mensch, der sich soviel Zeit lässt wie ein Leimsieder für seinen siedenden Leim.

„Rossboinschüttler"

„Liebevolles" Bild für einen Pferdeknecht oder Reiter, der sich wichtig macht.

„Soafasieda"

Seifensieder. Weil das Seifensieden vermutlich eine langweilige und wenig fordernde Arbeit ist, sieht man ihn förmlich vor sich.

„Bazi“ (Lump), **„Bagasch“** (Pack, Bagage), **„Barawa“** (Gauner), **„Beidlschneida“** (Wucherer), **„Liangschippe“** (Lügner), **„Schlawina“** (Strolch), **„Schlitzohr“** (Betrüger), **„Zuchthaisla“** (Verbrecher).

„Am Schlawittl backa.“

Am Kragen packen, zur Rechenschaft ziehen.

„Zeiserlwagn“

Gefängniswagen, angelehnt an den Vogelkäfig für einen gefangenen Zeisig.

„Prozesshansl“

Einer, der mit jedem Schmarrn vor Gericht zieht.

„Cafè Viereck“

Gefängniszelle, in die man jemanden **„eikastlt“** (einsperrt).

„D'Woch fangt scho guad o, hat der Kneißl Matthias gsagt, wiasn am Montag in der Fruah zum Schafott gführt ham"

Kneißl wurde am Freitag, den 21. Februar 1902, kurz nach 7 Uhr, mit der Guillotine hingerichtet. So hat wenigstens der Tag **„guad ogfangt"**…

„Oiso, na kimm i heit auf d' Nacht!"

Dann bis heute Abend also!

„Kimm i heid ned, kimm i moing."

Gemach, Gemach! Was du heute nicht willst besorgen, das verschiebe gleich auf morgen.

Wochentage: **Monda, Irdda, Migga, Pfinzda, Freida, Samsta, Sunda.**

„Geh weida, Zeit, bleib steh!"

Philosophischer geht's kaum.
(Mundart-Lyriker Helmut Zöpfl)

„Stuggara" – Ungefähre Stückzahl. **„Aber, Herr Richter, in zwoa Stund schaffst ja doch hegstns stuggara zweif Hoiwe, wia hätt i da bsuffa wern soin?"** In zwei Stunden gehen doch höchstens sechs Liter Bier rein, das reicht doch niemals für einen Rausch, Herr Richter!

„Soiche sieme wia mia sexe gibts koane fümfe mehr, weil, wenn mir viere beinander san, san mir drei de zwoa oanzign."

Solche Sieben wie wir Sechs gibt es keine Fünf mehr, denn, wenn wir zusammen sind, sind wir Drei die zwei Einzigen. – **„Jawoi ja!"**

„Da werds ma ganz zwoaraloa!"

Da wird mir schummrig (zweierlei).

Der Kare geht zum ersten Mal in die Mailänder Scala und kauft eine Opernkarte. Der Stehplatz kostet achtundsechzig Euro. „Sessantaotto", sagt die Frau an der Kasse. **„Naa, sagt der Kare, i bin ned der Otto, i bin der Kare!"**

„Hochdeitsch kannt i aa, sagt der Bayer, aber wenn i des red, versteh i mi oiwei seiba nimmer."

„Die scheenste Sprach is Boarisch, weil ma da wenigstns jeds Wort versteht."

„Dass d' ma heid fei d'Antn rechtzeitig umdrahst, Mari!", sagt der Pfarrer zu seiner Köchin. **„Mei, Hochwürdn, wenn i in der Mess bin, vergiß des doch gwiß."** Der Pfarrer seufzt. Mitten in der Predigt schaut er plötzlich die Marie an und schmettert sie auf lateinisch an. **„Marivantantumprozenta!"** Die Mari erschrickt, steht auf und geht. Am nächsten Tag fragt die Nachbarin, was los war, sie verstünde doch kein Latein. **„Des Latein versteh i scho"**, lacht die Mari: Marie, wende die Ente um und brate sie auf der anderen Seite auch.

Engländer, im Wasser treibend: **„Help me, help me!"**
Bayer: **„Hättst schwimma glernt statt Englisch!"**

Mein Lieblingsgedicht:
Sagt der Scheich zum Emir:
„Jetz zoi ma und dann gehn mir."
Sagt der Emir zum Scheich:
„Zoi ma ned und geh ma gleich."
Da sagt der Abdul Hamed:
„Na nehma s Tischduach a mit".
Ruft der Mo aus Pakistan:
„Jetzt reicht es mir, jetz back i s dann!",
und der Prinz von Teheran:
„Man bringe mir den Tee heran!
Des geht di Aff-gha-nistan,
nimm i's in d' Hand und belutschistan."

Fragt ein Norddeutscher zwei Bayern. „Tschuldijense – zum Bahnhof?" Ausdruckslos starren die beiden ihn an. Der **„Breiß"** versucht es auf Englisch. Nichts. Auf Französisch. Nichts. Italienisch, Spanisch, Portugiesisch? Immer noch nichts. Schließlich gibt er auf und geht. Die Bayern schauen ihm beeindruckt hinterher. **„Hund sans scho"**, sagt der eine, **„fünf Fremdsprachn!" „Und?"**, erwidert der andere, **„was hats eahm gnutzt?"**

Breißn

„Heit auf'd Nacht wern d'Breißn abgschlacht, wer a Breißnfleisch mag, soi kumma die Dog."

Beliebter Spruch in den Siebzigern.

Jeder, der sich wichtig macht, quasselt, nervt, ein Besserwisser ist und auch noch hörbar Norddeutsch (also nicht Bairisch) spricht, ist ein **„Breiß"** (Preuße). Ausspruch einer Standlfrau zu dem Chinesen, der seit fünf Minuten ihr Obst befingert: **„Nimmst jetz endlich amoi dei Pratzn weg, du Saupreiß, du japanischer?!"**

„A Bayer und a Breiß sitzn am Biertisch. Der Bayer bstellt an Schweinsbratn, der Breiß an Kalbsbratn. Als as Essn kommt, fehlt a Salz. Der Bayer nimmt an Salzstreuer, streut: geht nix. Hautn Streuer aufn Tisch, streut: wieder nix. Stellt er den Streuer auf d'Seitn. Nimmtn der Breiß, sticht die Löcher mitm Zahnstocher auf, salzt und ißt. Der Bayer hat zugschaut. Er schüttelt den Kopf, dann sagt er zu seinem Nachbarn: „Siehgst, deszweng mag i die Breißn ned."

„Geh weida!", oder „Geh zua!"

Ach nein, wirklich? Sag bloß!

„Da legst di nieder, und stehst nimmer auf!"

Verblüffung pur.

„Varreck Kaffeehaus!"

Verblüfftes Erstaunen, teils anerkennend.

„Ja Pfiaddigod!"

Verwunderung, Enttäuschung, Verärgerung und Resignation zugleich. Wer kann so viele Gefühle in ein Wort legen?!

„Jetzt werds hint höher wie vorn!"

Verwunderung vermischt mit Empörung.

„Kenn di wieda!"

Und jetzt ist es aber wieder gut mit der Aufregung!

Mir gangst!

„Jetz hamma n Salat!"

Kein Bericht vom Einkauf. Sondern damit ist eine „schöne Bescherung" gemeint. Oh je!

„Des gang ma jetz grad no ab."

Das hat jetzt gerade noch gefehlt!

„Mi hast!"

Ausdruck des Entsetzens.

„Des is …, des is …, ja i woaß gar net was des is!"

Mir fehlen die Worte, jetzt schlägt's dem Fass den Boden aus, das ist ja unglaublich, ich traue meinen Augen nicht, ich glaube ich spinne!

„Jetz ghörst der Katz!"

Jetzt ist alles aus!

Dass was gredt is.

„As Redn waar scho recht, we'ma ned as Mai aufmacha miassert." (Ludwig Thoma)

„Ma sagt ja nixn, ma redt ja bloß."
Ich meine ja nur …

„Red, oder scheiß Buchstabn!"
Mach doch endlich den Mund auf!

„Da wersd a Freid ham"
Das wird dir Freude machen.

„Ja, was soi i da jetz sagn?"
Dazu fällt mir nichts mehr ein.

„Ja, da mogst recht ham."
Stimmt.

„Prüglhitz". „Heit hats a soicherne Bruatshitz (Bruthitze), dass da vorkimmst, ois hätt di oana mitm Prügl derschlagn."
Heute ist es lähmend heiß.

„Dampfig"

Muffig, stickig (auch im überhitzten Lokal), feuchtheiß wie ein **„dampfiger"** Sommermorgen. Wenn ein Pferd oder eine Kuh gebläht sind, sind sie auch dampfig.

„As Weda und d'Verwandtschaft kos da ned macha."

Das Wetter und die Verwandten kann man nicht ändern.

„Zuntscheintschee"

Nicht etwa ein chinesisches Vorspeisengericht, vielmehr die wohlgefällige Beschreibung schöner Wetterlage: Die Sonne scheint schön.

„Kunnt i? Kannt i? Konn i kaam. Konn i kemma, kimm i, kemma konn i aber kaam. Kimmi, kimm i glei, glei kemma konn i kaam." – Könnte ich? Würde ich können? Kann ich kaum. Kann ich kommen, komme ich, kommen kann ich aber kaum. Komme ich, komme ich gleich, gleich kommen kann ich kaum.

„Zwischen zwoa Zwetschgnbaam sitzn zwoa Hasn, oana duad Zitherspuin, oana duad blasn."

„Da dadiat a da"

Da verdorrt er dir.

Knotn in der Zung

„Ja gibtsn des aa, dass ma an uroidn ausgrupftn Oachkatzlschwoaf mit am broaddaatschtn Zwoaring zammawoikt und mit Vitrioiöi oschwoabt?!"

Prüfstücke für den Bairischkenner, Vitriolöl und Oachkatzlschwoaf. Viel Spaß!

Bei Wortkünstlerin Barbara Lexa endeckt: **„Oa Zwetschgn im Batz dadatscht und oa im Batz dadatschte Zwetschgn gaabatn zwoa batzige dadatschte Zwetschgn und an batzign Zwetschgndatschi!"** – Eine Zwetschge im Matsch zerdrückt und eine im Matsch zerdrückte Zwetschge ergäben zwei matschige zerdrückte Zwetschgen und einen matschigen Zwetschgen-Blechkuchen.

„Babbert“

Klebrig. – **„Gehst weg mit deine babbertn Glubberl!“**

„Belzig“

Pelzig, taub, holzig. – **„Mei bist du heid belzig!“**, wenn einer recht übellaunig herumhängt.

„Dasig“

Still, niedergeschlagen. – **„Sitzt ganz dasig da, feit da was?“**

„Hantig“

Barsch, gereizt, unausstehlich. – **„Wenn jetz no oamoi oana auf meim Parkplatz steht, wer i hantig. Und wenn i Hunger hab, aa!“**

„Hoibscharig“

Unsolide, zwielichtig. – **„Da moan i, des is a ganz a Hoibschariger, dem trau i ned übern Weg!“**

„Krachad"

Bunt, aufdringlich, geschmacklos. – **„Wenns dann recht krachad mit eahnane Designer-Wiesndirndl daherkemma ..."**

> „Lätschad" – „Wenn i dem sei lätschade Lätschn scho siehg, wia er dositzt mit seim lätschadn Bier!"
>
> Alles langweilig: **Gesicht, Bier, er...**

„Niglnaglnei"

Niegelnagelneu – Neu wie eine frisch geprägte Nickelmünze. Der „Nagel" unterstützt das Ganze.

„Rass"

Scharf, bissig, kratzbürstig. – **„D'Zenzi is a ganz a rasse."**

„Zintig"

Giftig, ärgerlich. – **„Ned dass er recht zintig werd, wennst n da drauf oredtst!"** Sprich ihn nicht darauf an, sonst wird er ärgerlich.

„fei" (von fein)
„Du, des mog i fei ned, dassd ma oiwei an Hintern higlangst." So etwas wie: Ich mag das eigentlich nicht.

„hoid" (von halt)
Ja, wohl, schon. – **„Sag hoid was!" "I mog hoid jetz ned redn!"- "Wiaso ned?" „Hoid aa"** – Verstockt, einfach so.

„sauwa"
Ganz schön. – **„Da hast sauwa in Dreeg eineglangt."**

„saggrisch"
Sehr. – „**Des schmeckt saggrisch guad!"**
Schmeckt hammermäßig!

„pfeilgrad"
Direkt, unvermittelt, tatsächlich. – **„Geht er pfeilgrad in's Puff eine und moant, die zoin eahm da was fürs Schaugn!"** – Geht er doch tatsächlich ins Bordell und denkt, er wird dort fürs Glotzen bezahlt.

„aggratt" (von akkurat)
Ausgerechnet, haargenau. – **„Muaß sie aggratt jetz daherkemma, wo i mit ihra Freindin poussier!"**
Warum kommt auch die Verlobte daher, wenn man mit ihrer Busenfreundin knutscht!

Bamberl ...

Um Ausdrücke zu verstärken oder zu präzisieren, benützt der Bayer auch Vorsilben bzw. ganze Vor-Wörter.

„Bamberl" ... wird vor ein anderes Wort gesetzt, um es abzuwerten.

„Geh, was wuistn mit deim Bamberl-Schifferl, des is ja a Nußschoin".

Bluads ...

Alles, was nervt und verflucht sein möge.

„Bluadswongheba"

Wagenheber, verfluchter!

Mords-

Alles, was riesengroß, beeindruckend ist. – **„Ziahgt er an Mordsnasnramme aus seim Zinkn!"**

„Greiz-" (Kreuz-), **„Scheiß-"** , **„Sau-"** und **„Hunds-":** **„Grinst er mi, greizbravn Mo, scheinheilig o, und draht ma eiskoid des Scheißglump o, der Saubua, der hundsmiserablige!"**

Berechtigte Fragen

„Ha?" – Wie bitte?

„An weichan megstn?" – Welchen möchtest du denn?

„Hosd mi?" – Kapiert?!

„Wer is gstorbn?" – Was hast du gesagt?

„Schdimmds oder hob i recht?" – Stimmts, oder hab ich recht?

„Und scho?" – Ja und, wen interessiert's?

„Frog mi amoi, wia s ma geht!", sagt der Kare zum Luggi. **„Oiso guad"**, fragt der Kare, **„wia geht's da denn?" – „Ah, frog mi ned!"**

Wo nacherd, ha?

Aus dem Leben gegriffen, von Alfons Schweiggert belauscht:
„Oamoi nach Freising!" „Bloß hi?" „Ha?" „Bloß hi?" „Wohi denn nachad?" „Ja, nach Freising, ham s gsagt!" „Ja, nach Freising." „Ja zefix, bloß hi?" „Deifi nomoi! Wo soi i denn na hiblosn?!" blosn = blasen, **bloß** = nur – **Hast es gschnoid?** (geschnallt, kapiert)

„Zwischn Finster und Siehgstmined"

Wo sich Fuchs und Hase gute Nacht sagen.

„In Hinterpfuideifi"

Da wohnt einer am A… der Welt.

„Hintergschertindien"

Weit, weit fort.

„Hint umme vorn fiere"

Hinten herum und vorne nach vorne.

„Ob er aber über Oberammergau, oder aber über Unterammergau, oder ob er überhaupts ned kommt, des is ned gwiß."

Bayerisches Navi

Der Bayer braucht kein Navigationssystem, denn seine Ortsangaben sind an Präzision kaum zu überbieten. Mit nur ein paar Buchstaben sind Standort und Richtung sofort klar. Oder etwa nicht?

Abi, obi, obe, awi, nunter – hinab, hinunter

Aba, awa, runter, – herab, herunter

Auf, af, ,auffi, auffe, nauf – hinauf

Auffa, affa, rauf – herauf

Aus, aussi, naus – hinaus

Aussa, raus – heraus

umhin, ummi, nüber – hinüber

umher, ummer, umma, rüber – herüber

Reichts noch nicht? **Eine, hintre, fiere, hint, vorn, iwa, unta, durchi, newa, zuawa, zure, drenterhoib, herenterhoib** und **umadum.**

Superlativ-erl, ha?

Superlativ – Da, wo keine Steigerung mehr möglich ist. **„Der allerdümmer bist scho du.“** Der Komparativ wird einfach mit dem Wort **„aller-“** verstärkt, und schon umfasst es gleich die ganze Welt.

Diminuitiv – Da, wo alles kleiner wird.
Mit dem Anhang **-erl, -al** oder **-l** kommt der Bayer seinem Hang zum Understatement (oh ja!) näher. **„Zwergal“** – Zwerglein, **„Bergal“** – Hügel, **„Lüngerl“** – Lunge, **„Bladl“** – Blatt, **„Liadl“** – Lied, **„Radl“** – Fahrrad.

Interjektion – Da, wo Worte versagen.
A! Je nach Tonfall gut für: Begrüßung (**à**, lang) , Zurückweisung (**à**, schroff), Einwände (**à**, kurz), Erstaunen (**àà**, absteigend), Anerkennung (**àà**, ansteigend), Zweifel (**a-a**, abgehackt), Ablehnung (**à-à**, abgehackt) Bedauern (**åå**, lang, sinkend).
Weitere nützliche Laute: **hm, mhm, no, ui, oha, ou, ha, gei, mei.**

Wenn man etwas vollendet, erreicht oder schafft, dann drückt man das mit der Vorsilben der- oder da- aus. Für beinah alle Verben verwendbar. **„Da-essn, daglanga, dahoazn, damanddschn, da-sauffa, daschiam, daschnaufa, daschrein, daweaffa, daziang, dazoin."**

„Mia hamma dermaßn vui Bier drunga, mir hams gar nimma derbrunzn kenna!"

Soviel pinkeln, wie wir getrunken hatten, konnten wir gar nicht!

„Des derbeichst du ned, so vui Sündn drucka di"

Soviel kannst du gar nicht beichten, wie du auf dem Kerbholz hast.

Fromm und gläubig

„Heiliger Sankt Florian, verschon mein Haus, zünd andre an!"

Frommer Wunsch zur Brandbekämpfung.

„Da muaß i mi ja Sündn fürchtn!"

Der Gewissenswurm meldet sich.

„Zölibatsverstärker"

Unwirsche, **„rasse"** (harsche) Pfarrersköchin.

Der Pfarrer hält eine dröhnende Bußpredigt, bis die ganze Gemeinde in Tränen aufgelöst ist. Das schneidet dem Pfarrer dann doch sehr ins Herz. Mit tränenerstickter Stimme ruft er: **„Trösts eich Leit, vielleicht is ois gar ned wahr!"**

„Lacha miaßt i, wenn i an foischn Glaubn hätt."

Wer weiß, wer weiß?

„Jeds Jahr des gleiche Gschiß."

Kein Kommentar.

„Gschlamperts Christkindl"

Frauenzimmer, das wenig auf sich achtgibt und mit verwurstelten Haaren herumläuft.

„An neia Arsch, weil der oide a Loch hat."

Weihnachtswunsch einer Pöckinger Haushälterin.

„A goidns Nixerl in am suibern Bixerl."

Rätselantwort auf die Frage, was man denn zu Weihnachten bekomme.

„Gröste Hepperl, gstutzte Wipperl,und aufdraahde Omoaßschwoafe."

Aufgedrehte Ameisenschwänze – bestens geeignet, neugierige Fragen zum Weihnachtsessen einzudämmen.

Filosofisches

„Zum Filosofieren muß ma geborn sein, weil wenn S' ned geborn san, kenna S' ned filosofiern!" (Karl Valentin)

„Es is nix so wichtig, als dass morgn ned scho wieder wurscht wär."

Entspann dich, morgen sieht alles ganz anders aus!

„Is ja wahr aa. Ja weils wahr is!"

Ist doch wahr!

„Schaung ma amoi, na sehng mas scho."

Abwarten und Tee trinken.

„Schwer is leicht was."

Indignierte Feststellung beim IKEA-Möbel zusammenbauen und in sonstigen schwierigen Situationen.

(Vor-)letzte gscheide Sprüch

„Was, des soi a Witz sei? Da ko i ja bloß lacha!"

„I bin doch ned am Flocki sei Huastnguatl!"

„Schleich di!" – „Schaug, daßd weida kummst!"

„Entweda oda, Katz oda Koda!"

„Nicht ums Varrecka"… – „duad der was i mog!"

„Der stellt si so deppert o…" – „Des geht auf koa Kuahhaut!"

„Jetz hamman Dreeg im Schachterl!"

„Pfiat di God, scheene Gegend!"

Schnei no a bisserl an Hamlet

Im Bairischen wie in Dialekten allgemein, gibt es keine abstrakten Begriffe. Die formt der Bayer sich lieber um, damit es wieder schön anschaulich wird – normaler halt.

Sein oder Nichtsein, das ist hier die Frage:
Obs edler im Gemüt, die Pfeil und schleudern
Des wütenden Geschicks erdulden, oder,
Sich waffnend gegen eine See von Plagen,
Durch Widerstand sie enden?
Sterben – schlafen – Nichts weiter!

Lewenddig oda gschdoama, ja dees fragd si:
Wia hosd es gmiatlicha, wannsd schee geduidig sagsd:
Nua hear auf mi, oda wannsd oafach zuadrahst,
Schluß, aus Ebbfi amen. Dees wannsd da iwalegsd,
da kimsd bfeigrad ins Schleidan. Varegg Kaffäähaus!
Gäh, hau di hi und schlaf a Gsatzl! …

(Fundstück aus „Bairische Grammatik“ von Ludwig Merkle)

„Bei dem is Wagscheidl brocha."
Der ist plötzlich gestorben.

„Der hat an Leffe abgebn."
Und isst jetzt das Manna im Himmel.

„Den hat der Deife ghoit."
Der schmort in der Hölle.

„Ins Gras beißn." – Hmpf.

„Der schaugt d'Radieserl von untn o."
Der liegt in seinem Grab.

Wirklich passiert: Beerdigung in Niederbayern. Tiefster Winter. Der Jagdverein verabschiedet seinen Vorsitzenden. Nach endlosem Lobgehudel spricht der Grabredner die letzten Worte: **„Unser treier Kamarad, er ruhe saanft, saanft und nochmal saanft."** Trauergäste kichern, die steifgefrorenen Blechmusiker setzen ein – und die Dachlawine, die vom zwölffachen Ehrensalut ausgelöst wird, begräbt zur Belustigung der Anwesenden Trauernde, Blasende und Lachende unter sich.

Boandlkramer

Der Tod, Sensenmann, Knochenmann.

Im Stück „Der Brandner Kaspar" von Franz von Kobell besticht der Kaspar den Boandlkramer mit **„Kerschgeist"**(Kirschgeist). Im Himmel oben bemerkt man den Schwindel jedoch.
Der Boandlkramer kann nun zusehen, wie er den säumigen Bauern in den Himmel schafft.

„Wenn i gwußt hätt, wia schee as Sterbn is, waar i scho vui früher gstorm." (Karl Valentin)

„Oaan Schnapperer/Schnauferer hat er no do, und na wars aus."

„Aus is und gar is und schad is, dass wahr is."

„Bairisches Deutsch“, Ludwig Zehetner, Hugendubel Verlag 1997

„Basst scho!“, Ludwig Zehetner, edition vulpes 2009

„Bairische Grammatik“, Ludwig Merkle, Hugendubel Verlag 1996

„Der Bayerische Witz“, Franz Ringseis, Ehrenwirth Verlag 1976

„Reserl mit'n Beserl“, Wolfgang Johannes Bekh, Turmschreiber Verlag 1994

„Bayerisch-österreichisches Schimpfwörterbuch“, Reinhold Aman, Hugendubel Verlag1996

„Friß wos i sog“, Benno Höllteufel, Piper Verlag 1971

„Ein echter Bayer red't nicht viel“, Alfons Schweiggert, Verlagsanstalt Bayerland 1988

„Das Bairische Leben“, Hedi C. Ebertshäuser, Hugendubel Verlag 1980

„Der Münchner im Himmel – Bayerische Geschichten“, Ludwig Thoma, Patmos Verlag 2009

„Das bayerische Schimpfwörterbuch – Bloß g'scherte Wörter“, Gerald Drews, Verlag Michaela Naumann 1999

Biacha

„Sprechen Sie bairisch?“ Tosa Verlag 2006

„Und jetz no oan!“, Bernhard Pollak, Süddeutscher Verlag 1978

„Von der göttlichen Grobheit unserer Mundart“, Josef Fendl, Turmschreiber Verlag 1994

„Sprüch überd' Weiberleut“, Josef Fendl, W. Ludwig Verlag 1991

„Sprüch überd' Mannerleut“, Josef Fendl, W. Ludwig Verlag 1991

„Josef Fendls sprachlicher Firlefanz“, Verlagsanstalt Bayerland 1998